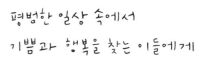

평범한 일상 속에서
기쁨과 행복을 찾는 이들에게

롭(LOB)은 그림책공작소의 새로운 단행본 브랜드로 그림책의 지대를 넓혀갑니다.

행복은 아주 작은 것들로부터

샬롯 에이저 지음   이하나 옮김

새벽을 달리며 나누는 미소

느긋한 아침

오늘은 아침 식사,

더　　　여유로운 차 한 잔

배 위에 펼쳐진 돛처럼,

빨랫줄 위에서 펄럭이는

빨래들

친구와 머리 땋아 주기

구불구불

공원 길 산책하기

멍하니

새들 바라보기

같이 읽거나,

손가락 사이사이 느껴지는   풀잎들

소리 없이 자라는 것들
매일 돌봐주기

공원에 새기는
우리의 추억

나른하고 편안한 낮잠

가끔　　아무 생각없이 쉬어가기

나를 위해

또 다시

높다란 언덕들

친구들과 신나게 놀기
지칠 때까지

다시　　새들 바라보기

고양이와 눈싸움

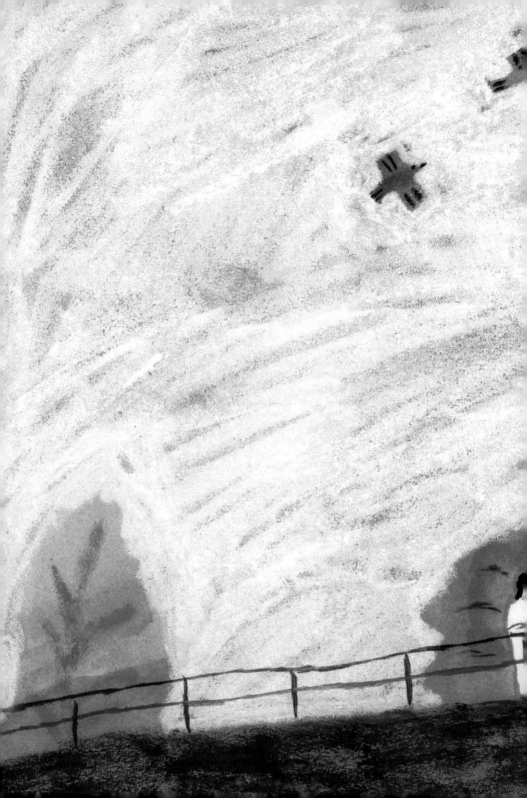

집으로 가는 길에 잠시   가만히

오늘의 마지막 햇살

기 다란 그림자,

정원, 아직 더운 저녁
이웃집 부엌에서 들리는

맛있는 소리

어둑어둑
깜깜한 방,

같은 하늘 아래 있는 우리

샬롯 에이저는 영국 런던에 살고 있는 젊은 일러스트레이터로 현재 전세계에서 가장 각광받는 작가 중 한 명이다. 그녀의 그림은 일상을 관찰하는 것에서 비롯되며, 이미지들이 서로 얽혀 다양한 이야기로 뻗어나가는 것이 특징이다. 책 이외에도 다채롭고 편안한 그림으로 Google Design, The Guardian, New York Times, Financial Times, Teen Vogue 등 많은 클라이언트와 다양한 작업을 하고 있다. • ⓞ charlotte.ager

이하나는 대학에서 불문학을 전공하고 오랫동안 출판 에이전트로 일했다. 지금은 샘에이전시에서 전세계의 어린이책을 우리나라에 소개하고 가끔 번역을 한다. 프랑스 그림책 〈앙통의 완벽한 수박밭〉, 〈블레즈씨에게 일어난 일〉 등을 우리말로 옮겼다. • ⓞ sam_agency

002 행복은 아주 작은 것들로부터   초판 1쇄 2023년 11월 11일 • 초판 3쇄 2024년 9월 1일 • 샬롯 에이저 지음 • 번역 이하나 • 편집 민찬기 • 디자인 Studio Marzan 김성미 • 제작 공간 • 펴낸곳 LOB • 출판등록 2014년 6월 10일 (제 2024-000001호). • ISBN 979-11-86825-34-1 03840 • 〈SMALL PLEASURES FOR BIG HEARTS〉 Text and Illustration copyright ⓒ Charlotte Ager. Originally published by LOB, 2023 All rights reserved. • Korean Translation Copyright ⓒ 2023 by LOB Korean edition published in agreement with Charlotte Ager Through SAM Agency. 이 책의 오리지널 판권 및 한국어판 저작권은 샘 에이전시를 통해 저작권자와 독점 계약한 LOB(롭)에 있습니다. 저작권법에 의해 한국 내에서 보호를 받는 저작물이므로 무단전재와 복제를 금합니다. • 롭(LOB)은 그림책공작소의 새로운 단행본 브랜드로 그림책의 지대를 넓혀갑니다. • ⓞ lob_publisher • ✉ lobpublisher@naver.com